U0059702

偷偷地看你　愛你　一如蹲坐角落　安靜的貓　善於掩藏的　不只是　快速　甚至失速的心跳......

角落的美好

The silence of corner

其實 沒有人 能了解角落的美好

我安靜的守候 用一輩子 換取你 一次驚奇的救贖

序言

　　當耗盡了全身的氣力，完成這本詩集的時候，再也擠不出一絲的能量來幫它寫個序言。

　　去年五月出版了我的第一本攝影詩集「心情與色彩對白」之後，有許多寧靜的夜晚、工作的空檔、高鐵的車廂，只要能讓我靜下來與自己對話的時候，我與我的 I phone 逐筆的紀錄了一些心情，完成了這本書。

　　這本書裡的 61 首詩絕大部份是情感的心境剖析，大多數的詩與照片都在 Facebook 上分享過，熟與不熟的朋友都有著同樣好奇，大家別再問我寫這些詩的時候心情是什麼？其實一個人短短的青春年少，怎麼可能經歷那麼多的不同的愛情故事，我的回答總是「我是在寫你的故事啊！你不覺得其中有很多的情節，符合你那年的場景嗎？」。我真的期待這本書的讀者，可以透過我的文字和攝影緊緊地扣住他們的回憶，畢竟再空白與苦悶的青春年少甚至是中老時候，都會曾經有過一點一滴的溫情與浪漫。

　　跟前一本攝影詩集一樣，書中的照片都是我自己拍攝的作品，同樣的，不少詩是先有了照片才帶來詩的寫作靈感。同時，我還是使用了許多的「ps.」或「前言」來做詩的註解。最後，要感謝樂果文化願意再度出版我的第二本詩集，畢竟純文學的作品，尤其是新詩，已經是冷門的出版品了。身為一個臨床醫生或許該在寫作的熱誠冷卻前，來寫一本關於養生的書籍，畢竟大家都認為身體的照顧應該更重於心靈。哈哈哈雖然我不認為如此。

寫於 2015 年 10 月，台中

詩人啊 · 浪漫

　　大凡年少時候喜歡文學的人都會有個夢想，那便是有一天成為詩人。年歲漸長，絕大多數人因為工作，因為環境，更因為才華有限，在日記本上寫了兩首，就成絕唱。我熟識的文藝青年好像大多數是這樣的。

　　在大多數中也有例外，曹副就是少數的例外。他能寫、喜歡寫，更是文思不斷，生生不息。右手忙著拿手術刀，左手握著繆思女神賜的筆。第二本詩集便是見證。兩手之外，鏡頭是他的雙眼，他溫情的心，當這些元素擺在一起，字裡行間是愛情，更是天地人間。

記於 2015.11.26 逢甲大學

Cushing Art College MA

又是一番驚豔的新詩集

接到曹醫師的新詩集，又是一番驚豔，就很像每次聽他的演講，整個過程充滿著幽默、歡笑，但聽完演講腦海裡總還記住了他講的重點。輕鬆的看完這本書，但腦海與內心卻充滿著那澎湃的情緒。

曹醫師對人、事、物有著他敏銳的觀察力並有著他無限的熱情。書中的多處描寫，令有人生經歷的人總忍不住要「對號入座」，可是再細細品味，又覺得差了他的感受一大段，對還未或沒有這般經歷的人，總會羨慕他對情感的執著及縱放。最好就是如飲紅酒一般、聽了、看了，就不如自己好好把她品賞。

一定要讀完此書，才能了解曹醫師是一位好醫師、老師、詩人、攝影家，哪天他再呈現第五專長，身為老友的我也不驚奇。

嘉義長庚醫院 院長 蔡熒煌 教授

越南會安古城

曾經愛過

「啊！愛情」，江蕙的告別演唱會中，眾人與二姐大聲合唱「夢中的情話」、「秋雨那一暝」，也喃喃跟唱「惜別的海岸」、「甲妳覽牢牢」，唱出愛情的酸甜苦辣。

「停車暫借問」，趙寧靜在月光下，想念著林爽然，「哭著哭著，不知怎麼極想到撫順去。眞的，和他近近的，在人群中看他，看他在人群中的嘻笑怒罵」。

我們，曾經這樣愛過。

曹昌堯教授的新書，以圖伺文，描述愛情，有年少的青澀憧憬、有歷經洗禮後的醇郁，有別離相思的憂愁，時而濃烈難以割捨，更有無盡的溫柔揮灑其間。細膩而溫柔多情的文字，次第浮現不同型態的愛，富想像力，富感

染力，在細微之處展現最純粹與複雜的情感。

曹教授兼具科學論辯，文學素養與至情至性，於夜晚讀來，本書讓人自忙碌的生活中沉澱，平復紊亂的心情，回歸身邊的最單純的情感。

臺大醫院內科部主任 余忠仁 教授

詩寫生命過往的追憶

在每個已經「長大成人」的我們心中，總會有些深藏的過去，有些想說但不曾／來不及開口的思念。這些無奈和不捨，是不被任何旁人所知、也不適合拿出來和人分享，甚至有時連我們自己都以爲早已遺忘了的。但在夜深人靜的時刻，這些回憶、這些情感卻總會悄悄的再度爬上我們的心頭，讓我們再度深陷，無法自拔……。這本詩集最精彩的，就是透過雋永的文字，讓這些情感、悸動，再次浮現我們眼前。

這是中山醫學大學曹昌堯副校長的第二本詩集。距離他前一本詩集出版，不過是一年多的時間。在這麼短的時間內能夠再出版一本詩集，即使對有豐富經驗、大把時間的詩人來說，也並非容易的事。更何況是一位宵旰辛勞、戮力從公，每天爲中山醫學大學的未來運籌帷幄的副校長。這更讓人感動於他對詩的熱情。

　　和上一本詩集的多元主題相比，這本詩集的主題更單純，手法更細膩、更深入。例如詩中對色彩和意象的經營：

　　　　夕陽在水面渲染

　　　　金黃即使是故事的尾端

　　　　不曾燃燒的愛情

　　　　凝視沈默在溫柔的光影

　　　　〈黃昏愛情〉

　　　　風如詩的日子飄動

　　　　iPhone 無法描繪的櫻紅

　　　　鮮豔的美麗和悸動

　　　　〈風如詩的日子〉

花是淚水對土地的允諾

誰能錯過紫色的幸福座落

在薰衣草的花園守候

〈薰衣草的等待〉

　　這些色彩、光線透過詩，躍然讀者的眼前，烘托出整首詩的情感，也和詩集中的花、景照片互相輝映，讓整本詩集充滿著華麗、繽紛的色彩。

　　文學最重要的，是要和讀者產生共鳴：古典雖能讓人發思古之幽情，卻難免有脫離現實的遺憾，不易獲得部份讀者的喜愛：只有現代，卻又會缺少了歷史和文化的縱深。而在這本詩集之中，現代和古典的結合，巧妙的融合了兩者的優勢 – 中國古典詩詞，如陸遊的〈釵頭鳳〉、徐志摩的〈偶然〉，乃至於龔自珍詩中的意象（如小小的紅花戀著春泥／呵護著短暫的親密記憶

／），現代社會常用的 iPhone, google, SD 卡, KKbox……等，一直到美國詩人歌手 Paul Simon 的歌曲、當代流行文化的 cosplay，凡此種種，都在詩集中得到了合適的融合，使詩集充滿著多重、充滿層次感的意象。

另外值得一提的，是在上一本詩集中，有特殊表現的「PS.」，到這本詩集依然出現，讓詩有餘韻繚繞的感覺。例如〈愛情病毒〉一詩中，就用了：「原以為，我對愛情有絕對的免疫力，碰到你才發現，我對你的愛情獨缺抵抗力」這樣的 PS. 在全詩的結尾，配合整首詩，有畫龍點睛的效果。

但像「PS.」這樣子的「詩後詩（句）」，在這本詩集中更有了進化 – 在這本詩集的許多詩作中，都出現了以方格特別框出於詩本身以外的「詩外之詩」。第一次看到這些詩外之詩的讀者，很容易就聯想到台灣傳統流行歌謠的「口白」，也就是對內容的額外註解。但相對於流行歌謠中口白的淺白、

煽情，這本詩集中的使用，看得出都經過細心的雕琢。在情感上，也都是內斂、溫婉、含蓄，和主詩相得益彰的。例如〈角落的美好〉中的：

其實沒有人

能了解角落的美好

我安靜的守候用一輩子

換取你一次驚奇的救贖

或是〈雲知道離別的方式〉中的：

那一年多雨的天空

雲知道最美的離別方式

化身天上的神祇

讓淚流下成一陣冷冷的雨

　　這些「詩外之詩」，較原詩更濃煉、更細緻，和原詩互相輝映，就像時下流行的微電影廣告「濃縮版」和「完整版」一起放在網路上供人點閱一般，有互相補充的良好效果。

　　曹副校長本身也是資深的醫生。也只有身兼醫生身分的詩人，才能夠寫得出這樣的句子：

　　　　最靈敏的聽診器

　　　　聽不出思念的心雜音

　　　　愛情的低血氧症

　　　　須要呼吸器維持感動

　　　　我的重症只有你

　　　　能聽到我的心的跳動

停止前的最後呼救

〈思慕的人〉

　　這本詩集，確實用了最甜美的方式，透過影像和文字，讓讀者在瞬間喚起內心最深處的感動和回憶。可以說是治療現代人內心枯乾、冷漠的一帖極佳良藥。

中山醫學大學 台灣語文學系 副教授 何信翰

東勢林場

情愛滿人間

—— 讀曹昌堯第二集《角落的美好》話語

　　一年半前，醫校曹副校長昌堯在德高望重的社會地位之餘，推出令人讚譽且溫馨的書，一冊攝影與詩的合集《色彩與心靈互辯》，向學界顯示：詩的榮耀與醫生的 Camera 美學。未及兩載，續出第二集《角落的美好》展現另一新視角新視野。如此密集地向詩靠攏，當然要慶賀與贊聲！

　　最踏實的作業，應該有美女採訪直探其城府，傳輸其心情，讓大眾領會其內心世界的繽紛華彩。於今，筆者不舛淺陋，以先睹為快的喜悅，談談個人的閱讀心得。

　　前一冊書有詩作 80 首與攝影，本書同樣有攝影，詩 60 首。究竟是文字配合影像，抑影像流露詩意？或者平行線，暫且擱置。詩集首篇〈黃昏　愛

情〉歌詠父母雙親之作。猶記得去年新書發表會場，作者特別邀請兩位長輩出席，分享兒子在藝文方面的成果。本書如此安排，安置最前端，自然有同等意義：懷恩與感念。這首詩分四段，引錄中間二段：

夕陽在水面　渲染

金黃　即使是故事的尾端

不曾燃燒的　愛情

凝視　沈默在溫柔的光影

落日的風景　變成

一生　最寧靜綺麗的風情

心靈輝映的水面

描繪　你和我的幸福心情

詩中，「溫柔的光影」、「落日的風景」、「最寧靜綺麗的風情」，都是已為人父的作者為雙親描繪晚景的寫照。搭配兩幀攝影：水面夕照、望夕陽的牽手兩人背影。

　　既客觀又貼切。夕陽無限好，晚晴（情）最綺麗。

　　作者是醫生，當然會將醫學名詞嵌入詩裡，取病毒、潛水鐘兩種為例。病毒，人見人怕，聽之，更欲躲閃。詩人將之與愛情結合成〈愛情病毒〉乙作。起筆直接表白疾病之苦：「病過才明白痛苦／像吸毒無助」，情愛之癡，相思之苦，心病需心醫。前人曾經將情愛之的追求與得失，用「愛情符咒」、「愛情符仔水」、「施蠱」等喻之吟詠。醫生詩人曹昌堯以「愛情病毒」言說，「放棄愛情的免疫力／甘心成為你的宿主／無怨的歸屬／癡情致死的情懷」。甘心、無怨，最足以說明一見鍾情時雙方的盟誓或癡情之語，甚至進一步「願

為你生　願為你死／你是我的　愛情病毒／我是你的　卑微宿主」。連冷靜的醫生或醫學院學生仍會為情所困所苦，詩人的妙喻，道盡凡夫俗子難逃情網的羅織了。

　　法國時尚雜誌 Elle 前總編輯尚 - 多明尼克 · 鮑比（Jean-Dominique Bauby）的《潛水鐘與蝴蝶》（Le Scaphandre et le papillon）故事，因中譯本在 1997 年 10 月引入台灣，及拍攝電影，眾人皆曉。「潛水鐘」的含義，除字面氧氣筒（罩）外，尚可延伸：閉鎖症候群、腦幹中風、腦幹梗塞併閉鎖症候群、準植物人……等醫學名詞，作者信手一拈，成了〈愛情的潛水鐘〉乙詩，作者轉個彎譬喻，罩上潛水鐘，等於瀕臨極端愛的窒息狀態：

　　　　是不是

嚮往深海的美景

就得戴上潛水的氧氣筒

潛五往海的深處　駐留

卻讓人窒息　像美麗的愛情

無法讓人呼吸　我太愛你

所以　只好不斷地逃生喘息

　　（中略）

害怕進入

你設下的愛情　潛水鐘

放棄深海　內心渴望的美景

我只是一隻淺海　天眞的小魚

在這裡，顯示作者絕對清醒，不敢嘗試「讓人窒息」的愛。

　　與書名同題的詩〈角落的美好〉，看得出作者的偏愛。首段這麼說：

　　　　我對你的愛情

　　　　隱晦如街角

　　　　歸窺視的貓的腳步聲

　　　　從來不曾驚動　你

　　　　不表示不會用　我

　　　　的生命　忠心的守候

　　　　與你一次完美的邂逅

　　不言自己關心對方，委由第三者貓的動作。貓的窺視，難以捕捉：街角

的選擇，加強情節的延續，引發詩的曖昧。等待，窺視，都是抱著希望有「完美的邂逅」，「永遠有想像不完的幸福」。

　　〈角落的美好〉與〈薰衣草的等待〉兩首詩可以並比閱讀，一首無生命的街角，另一首有生命的植物，都具相同期盼的心情。詩結尾：

　　　　花　是淚水對土地的允諾

　　　　誰能錯過對紫色的幸福座落

　　　　在薰衣草的花園　守候

　　　　我的愛　是精靈藏身風中

　　　　輕輕地唱著那首歌　愛我一生

　　　　您是我　生生世世的天使

　　詩人延伸薰衣草的花語「等待愛情」。在街角邂逅愛，在薰衣草的花園守候愛。

　　詩人視野所及之處，都有詩，都含愛。法國雕刻家羅丹 (Auguste Rodin ,1840 ～ 1917) 說：「美，到處都有。對我的眼睛而言，不是缺少，而是發現美。」兩人見解正吻合創作者應有的心思。

　　整本《角落的美好》61 篇美麗文字，標題有愛或愛情者，凡 14 題，餘者內文亦充斥或暗示情與愛。搭配鮮彩影像，印證了古人所言：詩情畫意。不僅詩情畫意，簡直是甜言蜜語。愛情需要甜言蜜語，情詩更是濃得化不開的蜜糖。從上一部詩集澆灌的甜蜜，延續此集，往後想必依然。妙手回春的醫生，也是撒播甜言蜜語的情詩聖手。羅丹又說：「沒有生命，便沒有藝術。」有情有愛的生命，讓藝術讓詩發亮發光。

展攤《角落的美好》乙書，處處碰觸著作者心靈因愛淬礪的詩與美。

=========================== 笠詩社 總編輯 莫 渝

2015.11.22

呼倫貝爾草原騎馬

目錄

A. 眞摯的愛永不停止

A. 真摯的愛永不停止

這一段收了 11 首詩，描繪愛情的真摯與雋永。

例如：你的愛像紅酒，我的愛是烈酒。原來，我們的相愛像是紅酒混著威士忌，容易醉，而且一直不醒。

金門慈湖

黃昏 愛情

2014 年 X 月 X 日，爸和媽過他們的結婚 60 週年慶，他們相親一個月後結婚，結婚一年後生我。兩人一起工作、生活一輩子，可能從來沒有說過「愛對方」，就像他們從來沒有說過愛我；但是，從他們對我的一切，可以感受到深沈的愛和關懷。上一輩的人可能都是這樣，沉默但是又沉重的活在愛情中吧！

清水高美溼地

就算　一般的風景

到了黃昏　也會變得美麗

平淡無奇的　愛情

隨著年齡　反而逐漸驚喜

夕陽在水面　渲染

金黃　即使是故事的尾端

不曾燃燒的　愛情

凝視　沉默在溫柔的光影

落日的風景　變成

一生　最寧靜綺麗的風情

心靈輝映的水面

描繪　你和我的幸福心情

愛情須要美麗　還是擁有

燈火無法燃燒　卻能持久

黃昏　愛情　是風景無關激情

曾經相愛的證明

今年夏天去白河拍蓮花，大部分人的鏡頭鎖定一朵朵雪白或鮮紅的花朵時，我的視線卻停留在一簇蓮花綠葉上，被風飄過來的碎裂淡紅的花瓣停留其上，彷彿訴說一段曾經花開完美的愛情故事，和它如今殘留的悲傷記憶。朋友常說我愛用不同的眼光看世界，其實我只是喜歡從殘缺中尋找曾經擁有的美好。

寬大的
荷花的綠色葉片
殘留的數片淡紅花瓣
是我們
過去 對彼此的依賴
和一起走過的初夏戀愛
的僅存片段

短暫 卻曾盛開過的荷花
碎裂後
還剩下多少 相愛的童話
是真情
所以讓人 緊扣難以割捨
我的離去
讓你擁有 更完美的選擇

別再說愛情來去的 理由
撿起散落的花瓣
夾入我的書
應該是我們的書
描述兩人短暫
但是美麗的愛情

白河蓮花季

ps.（曾經）我們兩筏著船兒採紅菱…，

紅酒與威士忌

你的愛　是紅酒

品嚐過了　許久才懂

你的愛　沉

我的愛　像烈酒

炙熱入喉　即刻感動

我的愛　濃

好的酒　要耐心來精釀

愛情的美　靠心細品嚐

你的愛　像紅酒

須要時間　來展現風味

我的愛　是烈酒

毫無保留　一次的給予

原來我們的愛情

像是　紅酒混著威士忌

容易醉　而且一直不醒

Beer house

ps. 關於愛情，唐詩的描繪醉傳神，「醉臥情場君莫笑，古來
　　征戰幾人回。」

無辜愛情的碼語

妳說：你愛我像一場夢，很美麗，但是一定有醒來的時候。謝謝你！但是忘了我吧！

唉 ... 我說：但是再如何地轉身，思念都無法散落，就是糾結在那裡，不是忘不忘的問題！

夢見你 與夢不見你
你都在那裡
愛著你 與不愛著你
愛都在那裡
原來 我的思念是出竅的魂
我的身殼在你離開時 轉身
落了心 在那裡

有了你 後來沒了你
你不在那裡
走遠你 或是走近你
心不在那裡
我終於明白 愛要放手的道理
你要或不要 都會有我的祝福
帶走 別放那裡

夢醒了 與不醒我都在那裡
你走了 還是我走了
分離了 思念一直都在那裡
我依然愛你 在我一個人的夢裡
守著我們 無辜的愛情

金門慈湖

愛情的souvenir

是不是愛情

結束了 就會特別地

想看看你的臉 偷偷的上

Facebook 看你生活的面貌和表情

我哭了 沒有你的日子

Lonely 漫步在 塞納河的左岸

六月巴黎 變成灰色的城市

剩下手機中 殘留的 Line 裡

過去的日誌 是愛情的 souvenir

我再也找不到 wifi 傳遞

對你的思念

旅行不能療癒

EKG 無法診斷的心痛

不用偷渡 整個皮箱大方帶著

巴黎左岸的咖啡館裡

espresso 調和過的唇香

是你留給我的愛情的 souvenir

我在台北的每一個角落

尋找記憶裡的味覺

深夜裡 一個人在 Facebook 滑過

別人一頁 一頁的幸福

學習愛情療癒

九州豪斯登堡

ps. souvenir 一字來自法文，原意是指一方給另一方用來紀念的隨身小禮物。
　　EKG＝心電圖。

遠走高飛

無法面對 與你

下一次意外的 重逢

原來 我還愛你

對於 從未道別的愛情

我的珍惜 停在初衷

心痛 卻最眞心的謊言

和彼此 縱情的允諾

遠走高飛 與你

再沒有時間與空間的 交集

塞滿記憶的皮箱 故意

留在愛情 check out 的櫃檯

長長走來 才發現思念

是自由衍生的 寄生蟲

吃光愛情的本體 卻持續繁衍

想要遠走高飛 卻發現

分開 是一次孤獨的跛行

企圖忘記你 忘記曾經擁有的

短暫的幸福 卻花了一生

來履行一段 停格不進的旅程

Seattle shopping mall

ps. 分開後，一直想盡辦法，讓你無法沾上我的生活日記，我吃飯、我唱歌、
我旅行，我一直沒有再見過你。以為我已經遠走高飛，揮別最美與最苦的
日子，卻又一直在最安靜、最空靈的時刻想起你。原來，我還愛著你！

風如詩的日子

今年農曆春節暖春，櫻花開得特別鮮紅。微風飄動的樹梢、陽光灑落的櫻紅，可以看到蜜蜂和小鳥開心的品味春天的美麗。這場景真像一齣快樂幸福的愛情浪漫劇。

風如詩的日子 飄動
i Phone 無法描繪的櫻紅
鮮豔的美麗 和悸動
想起你 和我衣角的微風
吹拂的世界 是愛情
還是 春天帶來的風景
讓心如歌 一路哼唱不停
我愛春天 我愛你

心如風的溫柔 移動
Google 無法標示的夢境
傳說的故事 和場景
述說你 和我千年的輪迴
魂繫的纏綿 是命運
還是 真情給予的感動
讓愛如浪 一直洶湧不停
你是春天 我愛你

金門水頭聚落

分手日記

其實…呢

對下一段戀情 而言

或許 分手是記憶中

最美麗的選擇

收起 離開你的難過

打包的 不只是你的味道

還有我給你的微笑 從此

不會再愛別人像愛你一樣

闔上…了

多年共同書寫的 日記

離開你 也是離開自己

最多變的人生

化作 最簡單的遊戲

收起的 不只是我的愛情

還有你許我的風景 今後

也只剩下黑白的單色風情　　　　　　　總是…　　　　　　掰

新竹南寮漁港

ps. 分手後只想告訴你:「我不會再愛別人像愛你一樣。謝謝你!」

角落的美好

我對你的愛情

隱晦如街角

窺視的貓的腳步聲

從來不曾驚動 你

不表示不會用 我

的生命 忠心地守候

與你 一次完美的邂逅

偷偷地看你

愛你 一如蹲坐角落

安靜的貓

善於掩藏的 不只是

快速 甚至失速的心跳

還有 瞇成一線的瞳孔

深深鎖著你的完美成像

其實 沒有人

能了解角落的美好

我安靜的守候 用一輩子

換取你 一次驚奇的救贖

Teddy Cat

ps. 等待最美好的地方，就是永遠有想像不完的幸福。

一段美麗的風景

沒人願意

愛情是一年四季

甚至來來去去 如潮汐

交替 在你多變的世界裡

我軟弱的 愛著你

如小小的紅花 戀著春泥

呵護著 短暫的親密記憶

用一輩子

換取一次激情相遇

我們的愛如煙花

和黑夜交會的邂逅

註定是短暫的 美麗詛咒

沒有腳本的戲 沒有祝福

沒有期待的演出

只有我的真心 為你孤獨

額爾古納濕地

ps. 我們的愛情，即使不是你停留駐足的終點，也希望是你的記憶裡，一段美麗
　　的風景。

心甘情願

心

甘情願

在日與繼夜

思念你的寂寞裡

受困 如

一隻安靜的寵物

鼠 困在

你為我設的籠裡

再

把淚留

初始的感動

真情演出的心痛

沉靜 如

琴譜的長休止符

誰 能懂

無怨無悔的付出

假裝

我們不曾愛過 在

卑微的殉情儀式 我

目送你的離開 莫說

愛我

ps. 天底下最傻但最幸福的事，莫過於心甘情願。

B. 愛情無罪

這一段收了 13 首詩，談談愛情的勇敢與無辜。

例如：原以為，我對愛情有絕對的免疫力，碰到你才發現，我對你的
愛情獨缺抵抗力。

竹子湖海芋節

B-2014-02

愛情病毒

天冷才知道孤獨　　　　病過才明白痛苦

像感冒病毒　　　　　　像吸毒無助

隨著思念快速傳布　　　放棄愛情的免疫力

愛情的抵抗力不足　　　甘心成為你的宿主

高燒的溫度　　　　　　無怨的歸屬

相思病危的宣讀　　　　癡情致死的情愫

你是我的愛情病毒　　　願為你生　願為你死

感染我　讓我為你救贖　你是我的　愛情病毒

過去的傷痕苦楚　　　　我是你的　卑微宿主

歐都納山野度假村嘉義大埔

ps. 原以為，我對愛情有絕對的免疫力，碰到你才發現，我對你的愛情獨缺抵抗
力。

夏末微風的愛情

風吹的感覺

最容易感動 是夏末

熱而不熱的溫柔

像你的手 午後

總讓愛情 輕輕吹拂

風起的優雅

讓衣角飄逸 是竊喜

急而不急的戀情

是風的手 天晴

誰的秘密 偷偷掀起

愛情的夏末風情

是微風 讓白雲變動

天空的風景 和心情

我的視覺 隨你的身形

移轉 在午後的溫情

墾丁夏都

ps. 就愛你的優雅，像風輕輕的吹。

B-2014-12

今晚的祈禱文

一朵花　還是一封信

該寄給誰　這一種感動

好長好冷的　寒冬

期待一次　溫暖的擁抱

一句話　還是一首歌

唱給誰聽　少一個聽眾

沒有共鳴的　晚會

等候一次　驚喜的掌聲

今晚　該為誰祝福

可以偷偷地思念的人

把他放入祈禱文

再化成一首詩　彌散在

寒冷的空氣之中　溫暖我

九州豪斯登堡皇宮

ps. 天啊！我好想 ... 你！

我愛幻想 我愛妳

契子：愛情的美麗藏在它百分之九十的幻想部份，所以人們有百分之九十的時間瘋狂，卻只有百分之十的時間清醒；遺憾的是人們通常在幻想的時候相愛，卻在清醒的時候分手。

我愛在夜裡兜風　　　　車行穿越霓虹

車窗留著細縫　　　　　呼吸記憶裡　妳的髮香

風吹過髮際像愛情　　　讓嗅覺彌補視覺

撲動的心情　心跳不停　深夜熄燈後的綺麗

我愛妳　我愛幻想　　　的城市　孤獨夜裡

街角緊擁的　男和女　　我找不到妳　還有自己

重播我和你的過往　　　的幻想　酒醉醒後才發現

　　　　　　　　　　　愛情離去　像空瓶的威士忌

　　　　　　　　　　　殘留的香氣　讓我愛著妳

九州豪斯登堡皇宮

ps. 誰說我愛幻想，我只是愛妳。

B-2014-12

愛情的潛水鐘

是不是

嚮往深海的美景

就得戴上潛水的氧氣筒

潛往海的深處 駐留

卻讓人窒息 像美麗的愛情

無法讓人呼吸 我太愛你

所以 只好不斷地逃生喘息

是不是

放棄義無反顧的愛情

選擇浮潛 看看淺海的風情

帶上一根管子 安心地

呼吸 自由自在的空氣

你是我一生最美的 風景

我卻不是勇敢尋夢的 鯨豚

害怕進入

你設下的愛情 潛水鐘

放棄深海 內心渴望的美景

我只是一隻淺海 天真的小魚

Cape Code MA

ps. 有一天，你一定會明瞭我愛你的方式；還有，我為何逃離你的愛情潛水鐘。

B-2015-02

風景就在那裡

風景就在那裡

懂得的人 拍入心底

不須 SD 卡的記憶

描繪 生命的筆記

是否精彩 全在我們自己

我就是愛自拍神器

放大後的幸福 記錄我和你

山水走過世紀

歷史寫進故事裏

看盡歲月變幻的 眼睛

可曾看過自己的 風景

停住腳步 才能回首

靜止 才能看見自己

內心曲折 顛簸的足跡

原來 我一路有你

你才是我一生 最美的風景

Seattle

ps. 有一天我老了，無法再自拍我們優雅的風情，請你繼續掌鏡，記錄我們一路的風景。

SD是 Secure Digital 的縮寫，全名 Secure Digital Memory Card，為一種記憶卡，廣泛地應用於攜帶型數位裝置，例如數位相機、手機。

賞櫻也是一種氣質

宋代女詞人李清照的「聲聲慢」幾乎每一個人都可以背上幾段,「尋尋覓覓,冷冷清清…,乍暖還寒時候,最難將息;…滿地黃花堆積,憔悴損,如今有誰堪摘…。」這些詞句描述早春寒天時,孤獨賞花的心情。台灣的櫻花大多開在早春,這個季節裡寒風加上春雨的飄打,常常彩繪一地殷紅的落櫻。花開與凋零,像一場多年的等待與無盡的輪迴…。

原來

賞櫻 也是一種氣質

在春天 最美的位址

靜靜地 品味你臉龐的細緻

從來 不設防地

落入 你佈下的八重櫻的紅

一夜醒來

沁涼春雨 是誰冷冷地告知

一地落櫻

原來

賞櫻 要帶一點寂寞

收起心情 鎖住冬末

孤單地 閱讀著春寒的氣息

只是 何曾預期

墜入 前世今生的愛情輪迴

一晚天寒

雨滴不停 獨自深夜裡落淚

櫻落為誰

大年初一家裡花開了

ps. 我決定把對你的愛藏在心中，用低調換來一生的寧靜。

今天勇敢的一個人去賞櫻！

B-2015-02

薰衣草的等待

薰衣草的花語是「等待愛情」。傳說天使曾許予一位少女愛情的承諾，兩人手中各自握緊薰衣草瓶，展開世紀的旅程，終於在一個春天意外地重逢。雖然，經歷時間的更迭、人事的變遷，卻發現薰衣草已經透過少女堅定的愛情四處繁衍，成為世間最幸福的花朵。

薰衣草是一種多年生、耐寒的花卉，原產於地中海沿岸，現在在全世界都可以看見她美麗與夢幻的紫色身影。

風吹的聲音
是否輕輕喚醒 已經
沉睡千年的愛情 的記憶
我的魂魄 隱身
風中搖曳的 紫色羅帳
守候清晨與黃昏 的天光
細讀人間 輪迴的夢幻
天使之吻 紫色的愛情魔法
放棄悲歡離合 的牽掛
誰讓我 在風中靜靜的等待

再次輕拂的寵愛
花 是淚水對土地的允諾
誰 能錯過紫色的幸福座落
在薰衣草的花園 守候
我的愛 是精靈藏身風中
輕輕地唱著那首歌 愛我一生
您是我 生生世世的天使

東勢林場

ps. 每次走過薰衣草花園，我就會想起您 - 我年少時的夢幻，我的天使。

停格

失去的愛情是該掩埋？還是停格來記憶！

記憶　　　　　　　　美夢

是不是可以停格　　　是不是都不該醒

在你最愛我的時刻　　即使最愚蠢的深情

最美的愛情　　　　　昨日的記憶

用無痕的透氣膠布　　留給黑夜層層包裹

包紮　分手的難過　　隱藏　曙光的訊息

咔嚓　撕開之後　　　唏噓　天亮之後

傷害　不會留下痕跡　哭泣　不用刻意掩藏

假裝　從不曾愛過你　真的　從不曾忘過你

我哭了　　　　　　　我哭了

台中三越影城

ps. 笑臉的面具下，我哭了！

鬱金香

鬱金香的花語是：

愛的表白、善良和美麗 。她的花朵呈現酒杯形
狀，象徵著急欲敞開心胸向愛人告白的悸動。

鬱金香

是一種善於表達心情

的甜美精靈

盛著愛

擺出整齊優雅的身形

開敞著胸懷

傾訴色彩繽紛的未來

鬱金香

是最適合聖典的酒杯

與愛情貢品

醉在春天的奇幻氣息

誰渲染我的

浪漫心境　簽下

交叉持股的幸福人生

九州豪斯登堡

ps. 不會有人只種一朵鬱金香。一片又一片整齊的鬱金香花海，鮮豔美麗又一
　　致的色彩，總是讓人有快樂幸福的感覺。鬱金香的外型像極了紅酒杯，根
　　本就是春天盛滿幸福的愛情酒杯。春天來了！

浪漫還是蹉跎

別問我：「是浪漫還是蹉跎？」

答案是：「至少曾經有過。謝謝你！」

對你的愛 是否

因為太多的浪漫

而原諒 自己

一次 年少無知的蹉跎

對於離去 即使

曾經深痛的難過

也只剩 旁人

一些 回憶談笑的失落

對於你的愛

我給的 從來不曾太多

是浪漫 還是蹉跎

只在於 是否曾經有過

一次真正的 承諾

不在乎誰的 對錯

九州福岡 - photo by Jimmy Chen

ps. 多年來，不管在你離開前還是離開後，我從來沒有懷疑過你的承諾。對於那些美好的年少記憶，我也只有感激。愛情的允諾，總讓人來來回回不斷的蹉跎，回想起來，還真感謝有你給我的一段美麗的浪漫。

思慕的人

爸爸最愛的一首歌，從小聽他哼著、哼著，不知不覺也
會唱了。

沒有想到我現在也一直唱著、唱著這首歌：

「我心內　思慕的人

　你怎樣離開　阮的身邊

　叫我為著你　暝日心稀微」

最靈敏的聽診器	別叩 999 我不缺人救贖
聽不出思念的心雜音	思慕病危 須要專屬 CPR
愛情的低血氧症	指定 RT 設定你的呼吸模式
須要呼吸器維持感動	心跳與你同頻共振 DC shock
我的重症只有　你	是復活的唯一方法　快救我
能聽到我的心的跳動	我心內　思慕的人
停止前的最後呼救	設定 520 我的點歌專線
	個人頻道　佔滿整個 KK box
	都是你的音頻　述說你愛我

越南會安古城

最後，換我為你唱首歌「思慕的人」。

999: 醫院裡發現有病人須要急救時，會請總機全院廣播「999某某床」，通知附近的醫護人員前往急救。
CPR: Cardiopulmonary Resuscitation，心肺復甦術。
RT: Respiratory therapist，呼吸治療師
DC shock: 心臟電擊。
520: 我愛你的諧音。
KK box：音樂播放軟體，可以隨選即聽。

B-2015-07

我愛夏天

夏天 是一個外表性感

內在天眞的 季節

你擁有夏天的 溫暖內涵

和輕鬆自在的 喜感

仿若親近海 一樣的自然

靜靜地擁抱你 橫臥沙灘

夏天的節奏就是 慵懶

讓人想以溶化 來消失自己

等 天涼了再出現

在你 黏膩的懷裏熟睡

的我 原來是一隻失去動力

的勁力寶寶 困在 REM

我愛夏天 我愛你的全部
黏住你 用我最赤裸的無助
換你一輩子 熱情的救贖

墾丁夏都

ps. 我愛夏天黏住你的感覺，我愛你。

REM：快速動眼期（Rapid Eye Movement，REM）是人類睡眠的一個階段，又稱快速動眼睡眠。在此階段
　　　時眼球會快速移動，同時身體肌肉完全放鬆。多數在醒來後能夠回憶的栩栩如生的夢都是在 REM 睡眠發
　　　生的。（摘自維基百科）
勁力寶寶：勁量電池的品牌名稱。

c. 愛情大多在等待

這一段收了 18 首詩，訴說愛情大部分的時間都在等待。

例如：如果，說要離開後是靈魂不安的理由，那在，溫柔告白後無意
與刻意的鬆手，讓誰得到眞正的自由。

九州豪斯登堡

愛情的香格里拉

關於愛情

其實 沒有香格里拉

那夢境的幸福

只存在於追尋的 迷途

美麗的結果 也只是給

別人眼光的一個 合理的

歸宿 都不是最終

你和我要的 幸福

無法決定

愛情的 每個環節 就像

無法保證

愛情的 最終章節 只是

不想停歇 努力

愛你 不被時間限制 我能

愛你 的最大的空間 即使

短暫的愛情 無法承受太多

永恆的夢想 仍然執著最初

的允諾

曾文水庫

50 ways to leave lover

詩人歌手 Paul Simon 有一首非常動人的歌曲叫「50 種
方法去離開你的愛人」，歌曲有一段歌詞深刻的描述一
種，被離棄者深邃的痛苦…

She said it grieves me so
To see you in such pain
I wish there was something I could do
To make you smile again
I said I appreciate that
And would you please explain
About the fifty ways… ，

其實離去的一方，永遠也無法明瞭被遺棄的人的心碎與痛苦，就像石塊掉落玻璃時，玻璃碎裂的呼喊，在石塊耳裡也只是一次陣響。50種方法也不足以用來療傷止痛，要能安靜的離開所愛的人，只有徹底明瞭在愛情開始的那一刻，其實「擁有與失去」已經同時存在，如此放下的時候才能微笑看鏡裡孤獨的自己。

黃昏一定會來 的道理　　　如果遺忘不是 離開你

只有海知道　　　　　　　最完美的方法

我愛你的時候 沒料到　　　只有讓你的影 讓

最美的夕陽 會沉沒　　　　你的聲音 無所不在

最深的黑暗 的大海　　　　像黑色極度渲染的 世界

我對你的離去沒有 怨言　　我看不清楚你 和自己的

只是還沒有學會 離開　　　臉的悲傷 這樣到遺忘的路

與遺忘你的方法　　　　　雖然比來時還長 我要離開你…

新竹南寮漁港

聽說分手的方式有多種

是不是越溫柔　可以痛得越深

50 種方法或許　不足以徹底離開

深愛的你　但是已經轉身啓程

我的告別卻還沒開始　我要離開你…

沉靜的呼救

這幾天又聽到一個令人心痛的故事，又一個學生因為感情的因素自殺，為何世間的生命掠奪從不間斷，不論是愛還是恨都選擇了以自己甚至別人的生命來救贖。或許關閉的心靈，只能一再重複的聽見自己無聲的呼救，沒有傾聽者的孤獨，只剩下心跳滴答滴答的跳著，滴答…。

風起
是該添件衣服
還是躲避…
心跳 是靈魂沉默時
最無辜的聲音

夜深
無聲的呼救 原來
音頻 只有你的雙耳 可以
聽見 然而你
關閉的心靈 失去
與我 共頻的能力

是誰的啜泣 不再
重要 愛情的原罪 是被遺棄者
在自己內心的囚室 堅持
沒有救援者的 呼救
重複著 受難者行刑前的 告白

白河蓮花季

ps. 我知道你不是刻意的不愛我，只是聽不見我的聲音。

溫柔的告白

如果 說要離開後　　　　心情 停在分手後　　　　醒後 就剩淚濕的枕頭

是靈魂不安的 理由　　　在失落的夢境 遊走　　　安靜的 並排躺臥

那在 溫柔告白後　　　　放下 告別的藉口　　　　縱情後 繼續廝守

無意與刻意的 鬆手　　　任憑 思念自由狂吼　　　這世界只有你 懂

讓誰 得到真正的自由　　是誰 握緊後突然放手　　所以別問 溫柔的告別後

你曾經是我 最深的無奈　愛情幻境 誰能真正清醒　誰的心 得到真正的自由

與溫柔 囚牢的蒼白　　　分手後 在夢裡緊擁

白河蓮花季

喂喂 最陌生的熟悉回應

喂喂？

電話那頭如何回應

都會令人心碎

曾經是 最深愛的一對

如今 剩下的愛情各自體會

每一次的夢裡 孤獨地來回

最陌生的 熟悉的聲音

在電話那頭輕聲的 回應

「喂喂！ 您找那位？」

喂喂！

無法放手的不是 過去

而是離去時 不捨的回眸

短暫 卻成為愛情唯一的證據

分開 最大的痛苦 在於 遺忘

無法跟緊思念的 腳步 寂寞一再的敲門

那頭最熟悉的人 卻陌生回應

「請問，您找那位？」

Main

C-2014-08

愛情傷口上的拉鍊

你離開之後

我在你割下的 傷口

縫上一條 拉鍊

每個想你的 夜晚

狠狠的拉緊 喔！好痛

提醒我 這是一個傷口

其實 我早就應該放手

愛情的傷口修復

是否須要一條 全新的

愛情縫線 溫柔的縫補

還是得耐心 等候

傷口的恢復 還是我只是

自虐的享受 沒你的痛苦

因為這樣 我才能緊緊抓住

曾經 最完美的幸福

孤獨 不是一種幸福

不是故意選擇孤獨 只是

痛苦的擁緊記憶 至少有你

曾經給我的溫存甜蜜

只是 好痛！

Main

大部分的人分手後，都會在傷口內側關起一道門，把自己鎖在門內，憂傷一直豢養著傷口，永遠無法痊癒。其實，只有讓所有美麗的過去遠離傷口，癒合的疤痕才會完美，才能有機會迎接另一次幸福的安排。

離別後的告白

這一次

我不拍攝黃昏的 色彩

只想拍

失去你後長長的 等待

日落後

天空和海無語的 對白

寂寞了

層層的黑色包裹 心痛別來

忘記了

離別後的第一次 告白

想不起當初如何 離開

讀不出

你的眼神是謊言還是 無奈

生命留在沒有光影的 未來

一再企圖

描繪你的臉你的形 卻又失敗

日夜活在

沒有你的痛苦渦漩

記憶別來

新竹南寮漁港

ps. 分手的理由常常是，當初相愛的理由。

不懂

不懂　　　　　　　　不解

秋天葉子轉紅　　　　冬天孤獨的憂愁

隨風飄離　　　　　　停留在

這是季節變換的道理　夏夜激情過後的溫柔

也不解　　　　　　　也不懂

愛情有時間更迭　　　愛情的自轉和公轉

感覺沒了還剩多少傳奇　冬夜守候不到夏日的星座

原來 我　　　　　　如今 我

也只是你曾經的唯一　獨自走過季節交錯的難過

不懂 也不解

愛情來去 若如季節轉折

期待已久的秋收 卻只剩苦果

Seattle-Lake

ps. 那年有太多的不懂與不解，到今天卻忽然都懂了！

C-2014-12

風乾的記憶

秋天　　　　　　　　愛情

心情也隨葉子轉黃　　能不能隨季節風乾

隨著風　寄出　　　　保留在　春天

給你的思念　四處　　你最愛我的　時段

投遞　流落寒冷季節裡　記憶　偷偷地封存櫃子

風中　誰聽見葉落的啜泣　一輩子　用心細細地品嚐

風乾的愛情　還是

心情　隨季節

轉移的除了歲月　還有

生鏽的鎖　和鎖住的心頭

深藏著風乾的憂愁

金門山后民俗文化村

ps. 記憶的雕刻只會留下最好與最壞的部份，你給了我兩者。

掩飾悲傷的習慣

我們都有掩飾悲傷的習慣，因此在優雅輕鬆的表情下，經常掩藏著刻骨銘心的故事。

對於殘缺的事物
寫一個浪漫的故事
是人們掩飾悲傷的習慣
對於離開的選擇 我
決定給你 最溫柔的祝福
粉墨登場後 閉幕的孤獨
轉身 掩藏在卸下色彩的天空
你走後 啜泣就變得
像冬天清晨下雨一樣自然
常常告訴自己 勇敢！別哭

嘴裡說著別人的堅強
輕鬆嘲笑自己的傷心過往
酒杯搖晃 再也等不到
愛情的承諾 原來都難實踐
只是曾經醉後的一次 無心允諾
分手不須要藉口 難過
不須要放入拷貝的機器 反覆
放大自己的痛苦 喂喂！別哭
聽見自己呼救的聲音 走進寒冬
沒有你的人生 還得繼續進行

Cushing Art College MA

ps. 我們都有掩飾悲傷的習慣為了 keep walking!

雲知道離別的方式

契子：選擇一個最淡的方式，離開一位最愛的人。

離別的方式

就是 到一個很冷

很遠的地方

找一塊雲 躲起來

藏起我和你的 往事

傷心時 就拉下臉

化身成最深色的雲彩

落下淚來 天空就變晴了

故事沒有情節

遠行 不用選擇季節

淡淡揮手的 離別

不會造成心情的 更迭

剩餘太多的 記憶

把它包成 最深的思念

留給你 至於我的眼淚

在離開後 才會逐漸補上

那一年 多雨的天空

雲知道 最美的離別方式

化身 天上的神祇

讓淚流下 成一陣冷冷的雨

曾文水庫

ps. 遺忘的方式，就是淡定地不哭：像在冷冷的冬天，下著冷冷的雨；說完再見，
　　再回家哭泣。

承諾

承諾

不過是一次

沒有實踐的浪漫記憶

除非 閉起眼睛

還可以看得見你的笑容

愛情

不過是一種

轉身忘了拾起的靈魂

其實 愛與不愛

逃不過歲月磨損的青春

每一次

隨著你的離開 轉身

鎖住自己 在最痛的傷痕

等待 下一次救贖的親吻

週而復始

Cape Code MA

ps. 多少年來你一次又一次的棄我而去，然後在一個又一個冷冷的深夜歸來。
　　我沒有勇氣說 no，我愛你到寧可粉碎自己的靈魂，也要親吻你空白的眼
　　神。
　　多少年來我已經忘了自己的記憶還有你的承諾。

C-2015-03

墜落冷冷的春天

你憂傷地說：愛情的企圖心，無法決定飛行的距離。

我心底想：其實沒有終點的飛翔，墜落也是一種美好的結局。

飛蛾與蝴蝶的差別

不只有顏色

還有宿命不同的終結

愛情的過程

除了月亮的圓缺

還有季節最後的更迭

停在冷冷的春天

我的雙翼

沒有彩色的劇本

只用黑與白描繪的情節

註定最終的離別

曾經最美與奮力的撲動

短暫飛翔的幻覺

墜落在你的春天

終於

選擇停留在最淺的視野

誤闖花只給蝴蝶的天空

我是一隻蛾

卻飛入色彩繽紛的世界

墜毀

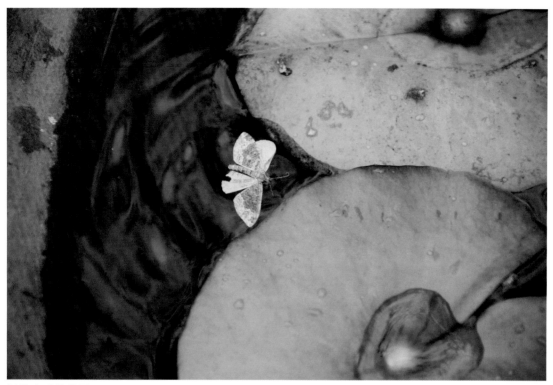

新社之千樺花園

ps. 我的墜落是一次安靜的離別。

　　對於一隻誤闖春天的蛾，這一淌春水真的好冷。

當年愛你錯了嗎

這個年代你不可能像 50 年前，一生只碰到一個人。人們常常說：「在對的時間碰到對的人，才是一生的幸福。」你曾經如此嗎？還是弄錯了時間或是碰錯了人？還有，碰到的幸福真的會是一生嗎？我永遠不會知道答案。你呢？

不回頭
心 向寂寞走
我們口說的勇敢
是思念的源頭 但是
分手 變成快樂的理由

不承諾
愛 在心裡躲
別人眼中的對錯
是年少的執著 以為
相愛 化成青春的蹉跎

曾經渴望 太多
的幸福 卻始終不解
愛就是靜靜等你 的感覺
佔有的糾結 太多
寂寞孤獨的深夜 後悔
一次 永遠沒有答案的離別

當年分手錯了嗎？

新竹南寮漁港

ps. 我對你的記憶，大部分是從離別後開始。我一直想不起相識時，跟你說的第一句話，卻無法忘記分手時，你說的最後一句話。「你要我勇敢！」，那麼我當年愛你，錯了嗎？

只想喝一杯紅酒就離開

剩一點傷害 但還
不至太壞 假裝你不在
的時候 我可以一樣開懷
的喝一杯紅酒 就離開
我們說好的未來 掰掰

少一點期待 就會
多點自在 就把你忘了
的疼愛 放心理反芻發酵
的釀一世情愛 誰明白
對你傻傻的等待 唉唉

時間久了 總會給人
一些空間 去忘懷
對你的感覺 正如這吧台
的紅酒 安靜等待
守著自己的 品味

喝一杯 我愛的人在天涯

九州豪斯登堡

ps. 我還以為,喝一杯紅酒就離開:怎麼你,一直讓我醉著不醒。

釵頭鳳

2015年春天意外遊玩紹興沈園，再次讀到陸游寫給唐婉的《釵頭鳳》，以及唐婉之後回給陸游的《釵頭鳳 答陸游》。發生在800多年前的愛情故事，現在讀起來依然動人。唉！既然如此情深又何必當初分離？只是，世間的事情有時不是旁人可以理解，更何況有時連自己都不能理解。

初次

牽手的心跳 還悸動

手溫寄存 成了我的體溫

忘了你的 腰的粗細變化

其實 配合我的體重增減

離了 承認不再愛你

難了 否認初衷約定

曾經 彼此最期待的黃昏

如今 走在各自的寂寞歸途

《怕人尋問，咽淚裝歡。瞞！瞞！瞞！唐婉》

最終

道別的無言 留耳邊

淚眼相望 錯了誰的溫柔

看著我的 臉的皺紋堆累

其實 回映妳的日夜相隨

離了 再也不能愛妳

難了 辜負當年心意

以為 妳我曾默許的永遠

結果 留在分手的錯愕哀憐

《一懷愁緒，幾年離索。錯！錯！錯！ 陸游》

浙江紹興沈園

後記：（以下資料摘要自維基百科與相關網路部落格。）

陸游，南宋詩人、詞人，今浙江紹興人。後人每以陸游為南宋詩人之冠，也是現留詩作最多的詩人。

陸游20歲時與其青梅竹馬的表妹唐婉結婚，夫妻感情甚篤，可是其母卻不喜歡唐氏，硬逼他們夫妻離散，唐氏改嫁趙士程，陸游亦另娶王氏為妻。離婚後陸游非常傷痛，紹興二十五年（1155年）31歲遊經沈園時，偶見唐婉夫婦，陸游在沈園牆上寫了《釵頭鳳》詞以寄深情，此後屢次賦詩懷念，直至75歲時還寫了有名的愛情詩《沈園》。然而，唐婉當年讀了陸游的釵頭鳳後悲痛欲絕，也和了一首《釵頭鳳》，不久便去世了。

陸游　釵頭鳳

紅酥手，黃縢酒，滿城春色宮牆柳。東風惡，歡情薄。一懷愁緒，幾年離索。錯！錯！錯！
春如舊，人空瘦，淚痕浥紅鮫綃透。桃花落，閑池閣。山盟雖在，錦書難託。莫！莫！莫！

唐琬　釵頭鳳　答陸游

世情薄，人情惡，雨送黃昏花易落。曉風乾，淚痕殘。欲箋心事，獨倚斜欄。難！難！難！
人成各，今非昨，病魂嘗似鞦韆索。角聲寒，夜闌珊。怕人尋問，咽淚裝歡。瞞！瞞！瞞！

愛你是一場黑白的夢

一直無法描繪,我在你瞳孔裡的色彩,直到你離開,才發現我在你的世界裡,只是黑白。你與我所有感人的對白,生活的浪漫與精彩,原來一直紀錄在一部,沒有錄音設備的黑白錄影機,沒有聲音與色彩。

後街的咖啡屋
因為你的離開而 空蕪
我再也找不到
停靠 自己心跳的位址
沒有你的空間 時間停止
靜靜聽 孤獨
彈奏 黑與白的寂寞琴譜

大樹旁的小屋
曾因你的存在而 幸福
正如無法栓住
清早 樹梢歌唱的小鳥
在我的天 你像晨間的霧
隱晦地 來去
演出 濃與淡的愛情過渡

終於明瞭 我
不是你追尋的彩色蝴蝶
在你的黑白世界裡 我
噤聲褪色蛻變成一個灰色的蛹

昆明 陽宗海 春城球場

ps. 原來，愛你是一場黑白的夢。曾經以爲擁有的幸福，只是你療傷止痛的音
　　符；或許，我只是你下一段愛情的過渡。現在想起來，我還是心疼，誰怪
　　我在你最憂鬱的時候，闖入你的黑白世界。

黃昏公路

怎麼樣能做到，分開了，心能自由地離開。黃昏的金黃公路，是彼
此留下的一條，美麗的回憶之路嗎？黑夜別來。

對海而言	對我而言	終於明白
黃昏 是落日一次	黃昏 是分手一種	黃昏對海的 愛
溫柔的離開 雖然	隱晦的表白 孤獨	其實離開 也是
緊接著長長的 等待	瞠視著逝去的 光彩	一種特別的 關懷
黎明到來	等你歸來	長長的夜晚 獨酌

寂寞別來

新竹南寮漁港

ps. 你對我的愛，就像黃昏的美麗與悲哀：一次又一次溫柔的擁抱與離開，卻從來沒有真正的告白。我猜想你一定是愛我的，我猜！

風乾的奇異果片

咬一口
風乾的 奇異果片
輕脆的像生命 和
愛情的堅強
卻在你離去的驚愕 碎了

失去了
善於 躲藏的影子
空白而 無所遁形的
尷尬 和愛情
在秋末 唱一首茫然的歌

過了
很久 很久才明白
原來 我愛的不是你
而是 …
自己年少的天眞和美麗

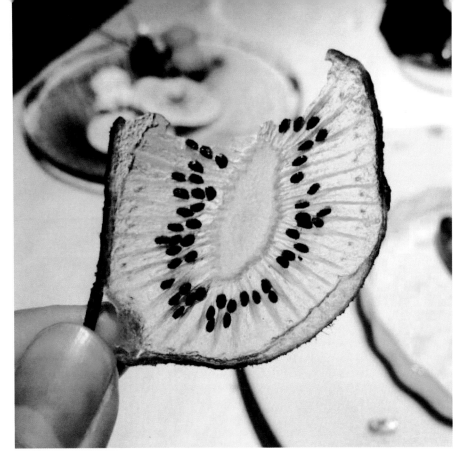

photo by Violet Chen

ps. 每一個人的初戀，都會緊鎖在心頭，隨著歲月並沒有流失，
    而是有了不同的體會。所以別問那年的愛情酸甜，它只是一
    片風乾了的奇異果片。

D. 愛情的偶發甜蜜

這一段收了 10 首詩，敘述再苦的愛情都會有甜美的時刻。

例如：我坐在最遠的角落欣賞，你靜默的端坐與單手搖晃酒杯的姿勢，彷若隔世典藏的橡木桶精釀的愛情，我醉了，困在你深邃的優雅氣質。

九州豪斯登堡

D-2014-03

難擋春天的美麗

叫蜜蜂不要惦記　　　我飛往你佈下的

花蜜　好比叫我　　　春天 high 天地

放棄　變化的四季　　迷航在愛情的　花海

讓　春天不要 coming　與你　浪漫 cosplay 在

在冬天孤獨凍斃　　　卡通與漫畫的　對白

誰能抵擋春天的美麗　誰叫春天這麼的美麗

你是我的春天　在宿命的

花　和花蜜的棲息地

我臣服於你的甜蜜和美麗

歐都納山野度假村嘉義大埔

ps. 絕大多數的人都難逃愛情的誘惑，像冬天過後無法拒絕春天的來臨；春天
　　過後，有夏、秋、冬的自然輪迴，愛情也有熱戀、失戀和苦戀。只是，我
　　們都同意，沒有過愛情將會終身遺憾，何必擔心「愛過後，遺憾終身。」

阿勃勒花雨的記憶

鮮豔成串　還是碎落滿地

都無損阿勃勒的美麗

我們的愛情　一如這些鮮豔的記憶

曾經相守相聚　如今卻隨風散去

越是鮮豔的故事裡　藏匿

著色越深後的疼惜　我對你

的笑容的記憶　一次又一次的堆積

春天離去　等候另一個春天的到來

用多少的青春守候　不願離開

只為另一次的花季盛開　可以

和你撐傘　漫步在阿勃勒的花海

愛情或許無法重來　我對你的愛

卻從來沒有放開　不論你是否明白

多少日子裡　像當年無怨無悔的等待

歐都納山野度假村嘉義大埔

徐志摩的偶然

徐志摩的「偶然」每一個人都可以背出幾句：我是天空裡的一片雲，…
在轉瞬間消滅了蹤影。…你記得也好，最好你忘掉，…。

誰是雲 誰是地
決定雙方的戀愛模式
雲 落淚了才會和 地
交換愛情的故事 所以
地 癡心的等待雲的哭泣
雲 卻了無牽掛四處的飄移

你是天空的 神祇
我是大地的 小花
痴心等待雲的淚水的狂戀
像乾旱苦守一次神的救贖
天與地 一次意外的交會

一直學不會你教的 偶然
直到陽光親吻朝露
才發現愛情消失的 必然

台豐高爾夫球場

ps. 所以，終於懂了！你的來與去是一次美麗的偶然。

謝謝你！

霧背後的眼睛

霧背後藏著什麼精彩
我端坐窗台 等霧來
等你來 世界漸漸變得空白
我開始看不清 你的神采
聽不到 溫柔的對白
霧不散 你一定看不到
一隻小鳥蒼白的 春天等待

霧背後藏著誰的眼睛
我佇立門前 等天晴
等候你 歲月慢慢失去表情
我始終學不會 你的愛情
讀不出 內心的風景
霧不散 你一定找不到
一朵小花秘密的 心情小徑

霧背後藏著誰 和誰的
朦朧記憶 別再說想不起
其實再深情的眼睛
也看不見霧裡的 隔世孤寂

霧散了 我發現我看不見的
不只是你 還有我自己

清境小瑞士花園

ps. 我已經很努力了，但是還是找不到你，原來你從來沒有在這裡。

愛情的優雅

前言：你擁有我的，正如我擁有你的優雅愛情。（寫給 2015 年情人節）

我 坐在最遠的角落欣賞

你 靜默的端坐與單手搖晃

酒杯的姿勢 彷若隔世典藏的

橡木桶精釀的愛情 我醉了

困在 你深邃的優雅氣質

標上 Chateau Latour 的位址

爲我套上奴隸的 愛情戒指

今夜爲你陶醉 浪漫不必休止

你 憂鬱的瞳是紅酒的色彩

我 躲在角落像少女等待

春天的到來 就像精心打扮的

波斯貓守候著情人 你來了

窩在 我慵懶的溫柔胳臂

漫步 Côte d'Azur 的幸福氣息

陪你走過人生的 孤獨華麗

今朝爲我凝視 一如當年疼惜

J Ping

維基百科的資料說：

拉圖酒莊（法文：Château Latour）是位於法國梅多克 (Médoc) 地區，佔地 65 公頃的葡萄酒莊園。該莊出產的葡萄酒是享譽世界的波爾多葡萄酒之一。拉圖酒莊在目前法國官方排名中，是位列第一等（Premier Grand Cru）的五大酒莊之一，與瑪歌酒莊，拉菲酒莊，木桐酒莊和侯貝酒莊共享該殊榮。

蔚藍海岸（法語：Côte d'Azur）地處地中海沿岸，屬於法國東南沿海普羅旺斯 - 阿爾卑斯 - 蔚藍海岸大區一部分，為自瓦爾省土倫與義大利接壤的阿爾卑斯省芒通（Menton）之間相連的大片濱海地區。「蔚藍海岸」被認為是最奢華和最富有的地區之一，世界上眾多富人、名人多彙集於此。

等一個人咖啡（樂曲篇）

序曲： 用了一生等一個人咖啡。

第一樂章：輕鬆的快板

　　　　等誰來、坐下來，願意靜靜守候一次邂逅，一段完美的旅程。

第二樂章：優雅的行板

　　　　曾經以為你會停留，為我輕輕地探詢，說一聲「嘿！與我喝一杯咖啡，在每一個春天。」

第三樂章：悲歌的慢板

　　　　將思念偷偷堆疊，等待的日子最容易昏睡，我夢了又醒、醒了又夢，那與你牽手走過的年少歲月。

第四樂章：如詩的慢板

　　　　我用橡木桶來裝滿記憶，那些美麗用來釀酒最容易醉了，⋯你好嗎？

終章：等一個人咖啡用了一生。

九州豪斯登堡

聽海芋在唱歌

海芋原產於南非，盛開時形狀有如倒立的馬蹄，
而枝莖又如同蓮花生長在水中，因此也被稱爲
「馬蹄蓮」。
我倒覺得一株一株排列整齊、雪白的海芋，像
一群一起歌唱的孩子，天眞的開心、簡單的快
樂，讓人回想起年少時的心情，總是歡欣但是
又帶一點哀愁。

聽 海芋在唱歌

寂寞嗎 跟著輕聲和

年輕 不曾戀愛的著墨

夢中緊握 的手是我

最簡單的 幸福

用我的炭筆 輕輕勾勒

你的容顏 和我

自編自演的 動人傳說

但 歲月的歡樂

撐不起 太多的執著

眞愛 傷人又不想淺酌

內心謹守的 是承諾

還是一次 苦果

用我的一生 默默承受

潘朵拉的 好奇

自作自受的 短暫驚喜

竹子湖海芋節

ps. 多想像海芋在每年春天重生，清純地唱歌給你聽，讓你輕輕的跟著和。唉！
　　…我是想念我自己，還是你。

潘朵拉的盒子（Pandora's box）源自於希臘神話，是宙斯給潘朵拉的神秘盒子，但原本在神話中是壺，壺在古希臘中是盛載食品的器具。宙斯要求潘朵拉不可以打開，但是潘朵拉不敵好奇心的誘惑，還是偷偷的把盒子打開了，然而在盒子裡面裝的是許多不幸的事物，疾病、禍害等。── 摘自維基百科

忘記

宮崎駿的電影《天空之城》裡有一句台詞就是讓人無法
忘記：「越是試著忘記，越是記得深刻。」

忘記是一本
畫滿思念的筆記

忘記 它是一種　　　　　忘記 是讓心休息
分離與擁抱的 練習　　　讓愛慢慢學習 萬物
讓我在你 身上　　　　　不能恆久的道理 讓你
學會一種 藏匿　　　　　和我可以 繼續用偽裝的
的方式 安靜地關起　　　歡喜 淡淡的看日月潮汐
自己 還有你的氣息　　　各自 寫著自己的日記
封閉在 我們過去的窩裡　等待可能的未來 交換回憶
讓我 還可以繼續地呼吸
在漫長歲月裡 學著忘記你

越南會安古城

ps. 我決定勇敢地忘記「忘記你」這件事情！

雲的天空

如果 能擁有你
就像雲 擁有整個天空
可以四處任性 嬉戲
累了 隨時放鬆自己
安靜地 躲在你的懷裏
難過 可以盡興的哭泣
放空淚滴 回到大地
再開心抬頭 仰望你的
無限溫暖的 藍色天際

所以 甘願做雲
一輩子在天空 討你歡心
日夜變幻的身形 配合
你的心情 隨風快樂飛行
你是天空 我是雲
只懂得單純的愛你 天真
的歸屬 沒有任何理由

車速 100 狂飆下的呼倫貝爾大草原

ps. 有些愛情眞的看不出任何理由，就是天眞浪漫的痴情而已。

愛情的賞味期

你老愛問我：「愛情是不是跟食物一樣，也有賞味期？」。

愛情的賞味期

該有多長

是該看 如何包裝

還是看 打開包裝後

如何收藏

我對你的愛 天真

像夏天的 熱情

不適合包裝與 收藏

或許

下一輩子的愛

就會懂的 細心收好

真空包裝 長期的存放

靜靜地 給別人觀賞

沒有你 愛情沒有品嚐

的問題 真心地延展

總是一段 美麗的無常

越南會安古城

ps. 感謝你,在我們的愛情新鮮時,帶我細心品味。我一直想反駁你,我認為愛情沒有賞味期限,但須要耐心體會,不同時期的風味。

E. 人與人的一生

這一段收了 8 首詩，探討一些生命與生活上的議題。

例如：我們都是都市的遊民，多樣的靈魂掛在衣架；挑一件心情，化妝裝出門，呼攏，空心地跨上捷運行進。

九州金鱗湖

一生容顏

張愛玲的「半生緣」裡寫到：「我要你知道，在這個世界上總有一個人是等著你的，不管在什麼時候，不管在什麼地方，反正你知道，總有這麼個人。」或許在那個生活困頓、烽火連天的年代，痴情地愛一個人，是生命中最美麗的犒賞吧！然而，現在不是嗎？

我的容顏從歷史走過
留下斑駁和淚水的錯落
當離散不再難過
我遮起了臉龐
冷冷看時間與人物的交錯
世界變成黑白和沉默

失去你與幸福的承諾
我用炭筆塗黑你的輪廓
在黑暗的世界裡
再沒有選擇的困惑
一個人空白而長久地靜坐
在人群熙攘的前世風景
等待下一世的愛情劇作
用我的魂魄 換你一本小說
的主角 我要的從來不多

南投八仙樂園

ps. 我就一直這樣靜靜地愛你！

我是一隻狗

你老是滑著手機的手，讓我失去機會牽你的手；
你愛用瞳孔數位辨識，讓你只認得電腦卻從來
不認得我。然而，我才是你最愛的人，不是嗎？
…

我們一排 瞠坐　　　失去 浪花的海的

無言 放任時間蹉跎　　激情 和生命的魂魄

沒有色彩的天空　　　呆滯 面向天空的落寞

失去等候 落日的　　我是一隻孤獨的 狗

美麗 和未來的憧憬　　和沒有靈魂的人類朋友

　　　　　　　　　　望海 和空白的困惑

越來越無法回答的 對錯

交給越來越依賴的

Google 老師

還有無知的沉默

新竹南寮漁港

ps. 終於有一天，天空污染到看不到夕陽，人類只能滑著手機的 app，回味電子模擬的美麗黃昏。聰明的人類開發了無數的科技產品，滿足了物質的貪婪需求，卻失去了心靈的單純浪漫。

祖先沒有肉吃，我們卻沒有水喝；科技讓我們學會了飛行，帶我們到另一個無法居住的星球，卻也讓我們原本居住的星球，沒有了可以呼吸的空氣。何時人類才可以停止下來，好好思考…？。

交鋒靈隱寺

2015 年 4 月遊杭州西湖的時候，順便參訪了靈隱寺，
意外拍到了這張照片，有感而發。

是與非　　　　　　　去與留

一直無法辨明 原來　　總是困擾今生 結果

我們各自站不同的方向　大家都去了相同的地方

視覺影響了 主張　　　貪心決定了 動念

是不是 合起眼睛　　　是不是 燃起一炷香

用心冥想 交會後　　　靜默佇足 煙滅了

溝通就會變得清晰明朗　愛恨就像塵霧來去自然

靈隱寺

幾百年來

千萬人來來去去

幾個心靈真正歸隱

杭州靈隱寺

靈隱寺，又名雲林禪寺，位於杭州西湖西北面，在飛來峰與北高峰之間靈隱山麓中，是杭州歷史悠久、景色宜人的
遊覽勝地，中國最早的佛教寺院和中國十大古剎之一。傳說中，濟公在此出家，由於他遊戲人間的故事家喻戶曉，
因此靈隱寺也跟著聞名遐邇。── 摘自維基百科

E-2015-05

安康古鎮的淚痕

紹興位在杭州的旁邊，沒有杭州那麼有名，但是，它是中國最厲害的黃酒產地。紹興旁邊有一個安康古鎮，因爲它太小了，所以沒有什麼人知道；但是因爲是古鎮，所有的房舍和渠道都不准翻修。它的厲害是要求現代人居住在古代的環境，只爲了讓別人來觀賞。安康人就默默的活在這裡。

有些的淚痕　　　　　　　有些的淚水
會隨著歲月　流失　　　　流失哭泣時心中的渴望
有些反而會　累積　　　　古鎮殘留的淚痕
匯流成歷史沉痛的傷痕　　是一種心痛後掩藏的絕望
安康人的沉重　像　　　　當古鎮的古是累積的頹敗
環城古河的　顏色　　　　而非優雅　我的心痛
墨綠是長年缺氧的苦悶　　是否能隨殘簷舊瓦迎風飛散
沒有現代的　呼吸
只有古鎮的　老人
和遊客的一臉　茫然
馱負時光　和當今縣令
加付的無言　枷鎖

浙江紹興沈園

ps. 每當旅遊到這種殘破的小鎮，總是有一種心酸，幾千年的歷史輪不到它來
記載，幾百年來沒有人理它、維護它，突然有一天觀光的風潮愛上古鎮，
於是硬生生的鎖住它的殘破，供人觀賞遊憩。

鎮上的年輕人都跑了，只剩下老人與外來人勉強撐起觀光的生意，我常常
想如果沒有歷史、沒有優雅、沒有靈氣，而是只剩下殘敗、破舊的一堆房
舍，這樣的古鎮的保留，恐怕也只是商業利益的考量吧！

E-2015-05

西湖是歷史的眼睛

契子： 杭州被選為全中國最適合居住的地方，
然而，杭州因為有了西湖才有了靈魂，而杭州
人的悠閒，來自於幾千年歷史與人文的薰陶。

在西湖
你 找不到
一雙帶著憂鬱的眼睛
深邃的
歷史 沉積
幾十世紀的事故人情

原來 悠閒
是用智慧和沉著 換取
心甘情願
的一生平凡 只求和你
並肩 漫步蘇堤
閒話當年 小妹筆下的
垂柳飛絮

終於 承認
西湖 是最明亮的眼睛
而我們 只是過客和風景
的一湖倒影

杭州西湖

西湖，原是錢塘江邊的小海灣，由於泥沙淤積，逐漸將灣道堵塞，演化成爲一個地質史上的「潟湖」。蘇東坡擔任杭州太守的時候，組織民工疏浚西湖，利用挖出的湖泥和葑草築成蘇堤，還教人沿堤遍植桃柳，…。

蘇小妹，是傳說中蘇洵之女、蘇軾與蘇轍之妹、秦少游之妻，野史載其名蘇軫。北宋才女。與其兄蘇軾常常作詩對聯取樂。── 摘自維基百科

變焦鏡頭

我們對世界的好奇，來自內心無法滿足的渴望。嘗試用各種角度，來詮釋別人對自己的眼光，原來是期待別人真心的讚賞。

我們都善用　　　　　我們都愛用
變焦的鏡頭　看世界　廣角的鏡頭　拍風景
加長的鏡頭　　　　　加大的光圈
專看別人的　是非　　打開自己的　視野
但是忘了　　　　　　卻找不到
自己才是故事的　首頁　內心深處真實的　感覺

變焦的世界
讓對焦變得更困難　對焦
讓視覺只接受心中　想要
的呈像

試圖用定焦鏡頭　看你
看我在你眼　的瞳孔裡　和我
的距離　一直線的距離

九州福岡

ps. 我一直都覺得你好陌生，原來這是對焦的問題。

高爾夫球場的巡邏員

我一直都認為高爾夫球最神奇的就是，同一個球場跟不同的朋友打球，感覺就不同；同一個球場、同一群朋友，但是因為日子不同，感覺還是不同。今天球場來了一群鴨子朋友，真是令人大大的開心。

球場的鴨子
有他們自己的人生
不同的輕鬆
卻擁有相同的天空
一起做白日夢

輕輕唸著口訣
「死不抬頭　決不用力　」
高爾夫就像人生
全神專注　才能盯住白球
自在的轉動身體
擊球要輕　才能飛越天際
精準的遠距落地

快來一起
做一場高爾夫球夢
不跟別人比
只願天天勝過自己

國際高爾夫球場

ps. 活得久要有三種朋友：好友、損友、球友。

E-2015-07

靈魂的衣架

我們　　　　　　　　夜空下　　　　　　　　孤獨

都是都市的　　　　　碰撞的人群　　　　　　卻擁有　複雜的靈魂

遊民　多樣的靈魂　　窗外　搖晃的燈火　　　城市人　多變的面具下

掛在衣架　挑一件心情　沿著車軌　一個個熄滅　藏著誰的無辜　眼神

化妝裝出門　呼攏　　穿過這個　長夜　　　　在車行的終站　互望

空心地　跨上捷運行進　像離開　一場化妝舞會　無言告別「……！」

台中七期市政路夜景

ps. 廣大的城市裡，每個人都像是行動的衣架，披著多樣的外殼，掩藏複雜的
靈魂，快速移動。可是，我好想停下來，認真地看看你和我自己。

致謝：

　　一本書要出版的時候，總是要謝謝許多人；謝謝的本身除了要表達感恩，更重要的是分享喜悅，如果沒有這些人的協助，這本書不會兌變得這麼美好。

　　這些人包括我的親人與朋友，他們給我許多寫作的靈感、鼓勵的掌聲和行動的力量，這些元素將會支持我繼續寫下去。另外要特別感謝幫我寫序的五位好朋友，用毛筆書寫書標題的張許木老師，用心幫忙校稿的游孟君小姐，以及整個編輯團隊的努力。

　　一本書之所以會美麗、動人，就是一群人真心與用心的共同付出，大家一起創造一個最甜蜜的記憶，深深地謝謝你們的參與！最後要謝謝讀者的閱讀，期待你們的喜歡。

曹昌堯 寫於 2015 年秋末

九州福岡 photo by Jimmy Chen

作　　　　者	曹昌堯	
發　　　　行	曹昌堯	
攝　　　　影	曹昌堯	
編　　　　輯	曹昌堯　黃偉民　游孟君	
企　　　　劃	八爪研創國際有限公司	
地　　　　址	台北市士林區文林路 575 號 3 樓	
設 計 編 排	黃偉民	
書 名 書 法	張許木	

出　　　　版	樂果文化事業有限公司
讀者服務專線	(02)2795-3656
地　　　　址	台北市內湖區舊宗路 2 段 121 巷 19 號
劃 撥 帳 號	50118837 號 樂果文化事業有限公司
印　　　　刷	瑞明彩色印刷有限公司
總 經 銷	紅螞蟻圖書有限公司
地　　　　址	台北市內湖區舊宗路 2 段 121 巷 19 號
電　　　　話	(02)2795-3656
網　　　　址	http://www.e-redant.com
電子郵件信箱	red0511@ms51.hinet.net

第 一 刷	民國 104 年 12 月
定　　　　價	每本新台幣 440 元整

角落的美好 / 曹昌堯作 . -- 臺北市：樂果文化出版，
民 104.12
　面 ; 　公分
ISBN 978-986-92479-9-3(平裝)

851.486　　　　　　　　　　　　　104027007